LE

MONASTÈRE DE CONQUES

dans l'Aveyron.

—

SEPTEMBRE 1859

1859

Bordeaux. — Imp. de A.-R. CHAYNES, cours d'Aquitaine, 57.

LE
MONASTÈRE DE CONQUES
dans l'Aveyron.

—

SEPTEMBRE 1859.

Meminisse juvabit.
VIRG.

----•●○●•----

Dédié à Monsieur le Curé de Conques.

I.

Dans la gorge profonde où Louche, (1) aux eaux limpides,

Dans le Dourdou (2) fangeux se perd en frémissant,

Conques, ville ou hameau, sur des pentes rapides

Apparaît, suspendu par un charme puissant.

(1) Torrent qui se jette dans le Dourdou au-dessous de Conques.

(2) Petite rivière qui va se perdre dans le Lot.

Tout construit de débris, de pierres monastiques,
Conques en s'épandant court du nord au midi ;
Entouré de sommets schisteux ou granitiques,
Pour lui, des froids autans le souffle est attiédi.

Sur les bords du Dourdou les prés fleuris s'étendent ;
Au levant quelques toits, des ravins, des forêts,
Sur les pentes du sud, par étages descendent
Les vignes, les jardins et les ombrages frais.

Qui dira de ces lieux l'histoire et les légendes ?
Scènes de douce paix, de larmes et d'horreurs ;
Phases d'abaissement, gloires encor plus grandes,
Angéliques vertus, sataniques fureurs ?

II.

Au milieu des Romains et des peuples Ruthènes,
Païens voués encor au culte des démons,
Croissaient les fils du Christ ; mais, entourés de haines,
Ils vinrent abriter leur fuite dans ces monts.

Leurs labeurs fécondaient ces stériles contrées ;
Ils vivaient, ils priaient, ils adoraient leur Dieu ;
Et quand venaient les jours de ses fêtes sacrées,
Leurs chants attendrissaient les échos du saint-lieu.

Mais l'enfer ne dort pas ; un jour, les infidèles,
En bataillons nombreux entourent leurs déserts ;
Égorgent leurs tribus, (1) — hécatombes cruelles —
Et la voix des Chrétiens expire dans les airs.

(1) Les idolâtres, soit Romains, soit Ruthènes, surprirent les Chrétiens retirés dans la Vallée des Pierres, *Vallis Lapidosa*, aujourd'hui Conques, e en firent périr environ mille, l'an 571. On montre encore, le long de la petit rivière de Dourdou, le lieu de ce massacre.

Des chants mélodieux sur les monts s'entendirent :

La nuit s'illumina de mobiles flambeaux ;

Sur les bords du Dourdou les anges descendirent,

Et leurs mains aux martyrs creusèrent des tombeaux.

III.

Vainqueur des Visigoths, (1) fidèle à son baptème
Par de rares bienfaits Clovis montra sa foi ;
Le monastère saint reprit son diadème, .
Et les moines en paix bénirent le grand roi.

⚬|⚬

Des pèlerins pieux la multitude immense,
Vers Conques accourut des rivages lointains ;
Le désert s'embellit, et son profond silence
Jour et nuit résonna de cantiques divins.

(1) Clovis, dans son expédition en Aquitaine contre Alaric, voulant donner des preuves de son zèle pour la religion qu'il venait d'embrasser, répara les ravages que les païens avaient faits au monastère de Conques, et le mit sous sa sauvegarde.

Conques s'enrichissait des plus rares offrandes,.

De tableaux immortels, de voiles précieux,

De vases., d'ornements, de rubis en guirlandes;

La foule aimait ces bords, ces bords aimés des cieux.

∽

Mais le bonheur est éphémère;

La paix, ici-bas, est d'un jour;

Le pain de la douleur amère

Nourrit la foi divine et fait croître l'amour;

Dieu murit l'homme par l'épreuve,

Et si la mollesse l'endort,

Des eaux du malheur il l'abreuve

Et d'un souffle orageux le jette dans le port.

∽

Qu'ai-je entendu? Des cris atroces,

Des sacriléges voix dans le temple de Dieu :

Des hordes de brigands nombreuses et féroces,

Souillent en blasphémant et pillent le saint-lieu.

Sous les coups de la hache ou le tranchant du glaive,

La foule des Chrétiens tombe de toutes parts!

Les murs, les parapets sont de faibles remparts!

Sous les parvis sacrés, et plus loin sur la grève

Gisent les cadavres épars.

❧

Voyez-vous cette roche, au nord, près des ravines? [2]

Là s'étaient enfermés les guerriers sarrasins;

Une vierge, instrument des vengeances divines,

Livre aux flammes leur fort, et parmi les ruines

Périt ce ramas d'assassins.

———⟨≈⟩———

[1] L'an 730, les Sarrasins ruinèrent le monastère et brûlèrent tous les titres de ses priviléges.

[2] On voit encore les débris du vieux château de Roque-Prive, que les brigands avaient bâti sur un roc escarpé. Ils avaient enlevé une jeune fille de Conques pour les servir : à une certaine heure où ses maîtres avaient coutume de s'endormir, elle mit le feu à leur habitation, après avoir donné à ses concitoyens le signal convenu. Les Sarrasins, dit la chronique, périrent tous.

IV.

Pepin, Karle le grand, Louis le Débonnaire, (1)

De faveurs et de biens dotent le monastère,

Conques respire enfin sous l'égide des rois.

Confiants, les Chrétiens repeuplent ces campagnes,

Les moines en chantant défrichent ces montagnes ;

Ces moines de Benoît devront suivre les lois.

Je ne t'oublirai pas, bienfaiteur magnanime,

Dadon, (2) premier abbé de ces lieux renommés ;

Arsynde de Toulouse, (3) au cœur noble et sublime,

Qui vins prodiguer l'or aux autels bien-aimés.

(1) Louis le Débonnaire, après la prise du château de Carlat, se rendit à Conques en pèlerinage. Il soumit les religieux à la règle de Saint-Benoît. Ce prince fonda ou restaura vingt-cinq abbayes, et il donna une lettre de l'Alphabeth à chacune d'elles ; il donna à Conques la lettre A en or enrichie de pierreries. On la conserve encore dans les trésors de l'église, avec plusieurs riches reliquaires de l'empereur Charlemagne.

(2) Il paraît que le premier abbé connu de Conques fut Dadou, enterré à Grand-Vabres, en 755.

(3) Arsynde, femme de Guillaume, comte de Toulouse, fit vœu d'aller à Conques implorer Sainte Foi. Elle s'y rendit en pèlerinage et offrit à cette sainte des brasselets d'or artistement travaillés et enrichis de pierreries. Peu de temps après elle devint mère de Raymond et de Henry.

Oublirons-nous ses fils, ses fils, race héroïque,

Et les rois d'Angleterre, et les rois d'Aragon ?

Les princes, les seigneurs au grand nom historique,

Et les humbles Chrétiens ensevelis sans nom ? (1)

Conques, sous Odolric, (2) avait des droits immenses ;

Ses abbés des prélats se montraient les rivaux ;

Imitaient des seigneurs le luxe et les dépenses,

Et marchaient leurs égaux.

Que les temps sont changés ! Ainsi qu'un vent d'orage,

Les révolutions ont désolé ces lieux ;

Les ruines partout ; du temps partout l'outrage,

Et l'empreinte du sort, du sort injurieux.

(1) Depuis le neuvième siècle jusqu'au treizième, une infinité de rois, princes, comtes, seigneurs, évêques de tous les pays, firent des donnations sans nombre au monastère de Conques.

(2) Sous le règne de cet abbé, Conques avait atteint l'apogée de la gloire et de la fortune.

Mais reste encore un temple aux colonnes superbes ;

J'ai vu leurs chapiteaux épanouis en gerbes,

Les voûtes imitant le pavillon des cieux,

Et les bras du transeps formant la croix latine,

     Et la coupole bysantine

Chargeant d'un poids léger les arceaux gracieux.

J'ai vu l'antique croix, la croix des grandes fêtes, (1)

Où brillent les rubis, l'or et les diamants !

Elle écarte la foudre, apaise les tempêtes

Et brise de l'enfer les noirs enchantements.

J'ai touché de mes mains, de mes lèvres pieuses,

Des vierges, des martyrs les ossements sacrés ;

Ineffables trésors, dépouilles glorieuses,

Par le culte et la foi, par l'amour consacrés.

---

(1) Vers le commencement du onzième siècle, Raymond, comte de Toulouse et de Rouergue, donna au monastère de Conques vingt-un vases de vermeil très-bien travaillés, et une selle magnifique du prix de cent livres d'or. C'était une dépouille des Sarrasins qu'il avait battus en 985. Des matériaux de cette selle, Jean, abbé de Conques, fit faire cette belle croix, que cette église conserve comme un dépôt précieux, et que l'on porte aux grandes solennités·

Conques, garde à jamais, au fond du sanctuaire,
Tes chasses riches d'or, tes croix riches d'émaux!
Tout l'or de l'univers vaut moins qu'un reliquaire
Où d'un cadavre saint reposent les lambeaux.

⚬⟊⚬

Puis, sur le seuil du temple on lit le grand poème,
Le poème vivant du ciel et de l'enfer!
Le Christ et les élus, et le bonheur suprême,
Satan et les damnés sous son sceptre de fer.

⚬⟊⚬

Et toi, pasteur savant, qu'on aime et qu'on révère
Pour tes nobles vertus et leur charme vainqueur,
Oserai-je t'offrir, — bouquet pâle, éphémère, —
Ces vers trop peu parfaits, hommage de mon cœur?

L'abbé FIRMINHAC.

www.ingramcontent.com/pod-product-compliance
Lightning Source LLC
Chambersburg PA
CBHW061428170626
46811CB00005B/2179